詩集　風と光のエピタフ

前田よし子

目次

風と光のエピタフ

碑《いしぶみ》

岬の突端で
「祖国復帰」を叫び続けた

砕ける荒波を跳ね返し
荒波に願いを託し
日の丸の小旗を振って歌った
団結の歌を
復帰の歌を
一つの心にまとまって

あれから三十五年
岬の記念碑は
北風に震え

人恋しげに独り歌う
「復帰の歌」を
「団結の歌」を

その歌も
今ではすっかり忘れ去られてしまった
北の岬は
車が押し寄せ
若者たちが笑いさざめき
記念撮影のフラッシュ

北の岬で叫び続けた人たちは
碑の前で
荒波に昔のさんざめきを聞き
うつむいて歩く

野　火

誰もいなければいいが
あの野原
屋嘉岳の裾野原
三日燃え続けて
まだ燻る

スリランカの風鐸

島は〈インドの涙〉と呼ばれる小さな国
その島で素焼きの風鐸を買った
日本に渡ってきた風鐸は
軒の下で風に吹かれ
カリン　カリガリンと啼く
枯れた骨の声で

島は常夏
椰子やジャック・フルーツ
マンゴスチンなど
リスの食べた残りを
人々は路傍に並べて
日がな一日　客を待つ

島の人々は
のんびりと道端で商い
帆かけ舟で漁をする
地下には宝石のねぐらがあるから
売れなくても飢えることはないとあくびする

島の人々は信心深く
家財道具の一切をトラックに積んで
長い巡礼の旅に出る
寺院を回って長い列を作り
弥陀の前に伏してしばらく泣く
首輪や腕輪も
カリン　カリガリンと
枯れた骨の声で啼く

八月の少女

セーラー服の少女は
福木の木陰にござを敷き
寝ころんだまま
流れる雲にそっと呟いた
「いつかアメリカに行ってみよう」

澄み渡る空の奥に
八月の雲は青くむくむくと動き
その奥にアメリカを浮かべる

広い牧場の草の上を
馬にのって颯爽と走る
亜麻色の少女たち

青い海原を
ヨットで走る
裸の少年たち
果樹園の低い枝から
オレンジをもぎとる
ロングスカートの老女
葉巻を燻らせ
古びた安楽椅子で
うたた寝をする太い八字髭の男

雲のアメリカは
まどろんでいる少女を
大陸の未知にいざなう

八月の雲の中から
福木の葉が一枚
少女の瞼の上に落ちた

青い出発《たびだち》

山の頂きには光が
水平線の向こうには未来が
友の言葉には幸せが
母の背には希望が
父の目には平和が
そして……
少女の胸の中には愛が。

それらをすべて信じていた日々に
少女は生まれ故郷を離れた。
未来を信じて
新しい自分を探すための旅に。

未知の地で少女は知った。
輝いていた日々は
置いてきた過去の全てだったことを。

白い香り

冷たい病室で
白い制服がベッドに覆いかぶさる
患者は顔を横にそむけた
少女はため息をつき
制服の袖を握りしめて立ちつくす

翌日
少女はまた
胸に抱えた白い香りを
ベッドの上に恥ずかしげに広げる
病人は顔を少女に向けて
微かにほほえんだ

三日目
ほのかな白い香りが漂う病室に
少女と病人は手を絡めあい
無言の笑みを交わした
白い香りから
白い看護師が生まれる

目尻の記憶

白い服の少女は
頬を紅潮させ
涙を流した
三か月間言葉を失い
食べることも、動くことも忘れていた患者が
「あ・り・が・と・う」
微かに唇を動かした。

この道を選ぶことに迷っていた少女は
横たわる人をみつめた
ベッドの人は目尻を濡らし
唇を震わせ続ける
「あ・り・が・と・う」

少女に立ちこめていた霧が晴れた

あれから四〇年
少女は涙の目尻を記憶の底に彫り込めて
ひたすらにこの道をあゆみ続ける

巣立つ者たちへ

あなたはだれ？
と目を細めて訊く人に
あなたの夢に光を灯す者
と胸を張って答えよう

あなたは何のために生きている？
とおそるおそる口を開く人に
あなたと一緒に生きる喜びを語るため、
とその人を抱きしめよう

あなたの務めは何？
と耳をそばだてる人に
あなたの未来に希望を届けること、

とその人の肩にそっと手をのせよう

そう。わたしは
あなたの心の中にいて
あなたの今に力を注ぎ
あなたの夢をデザインして
あなたの未来が輝けるように
永遠にあなたと同じ方向に
目を向けていよう

真夏の葬儀

浜辺で真夏の葬儀が営まれる
焼けた言葉たちの死骸が
砂の上に白くかがんでいる

言葉の死骸はやがて
身をよじらせて踊る
焼けこげた言葉は波間を漂い
静かに沖に流れていく
大海原を漂い
いつかまた
人々のもとに戻ってくる日を
約束して

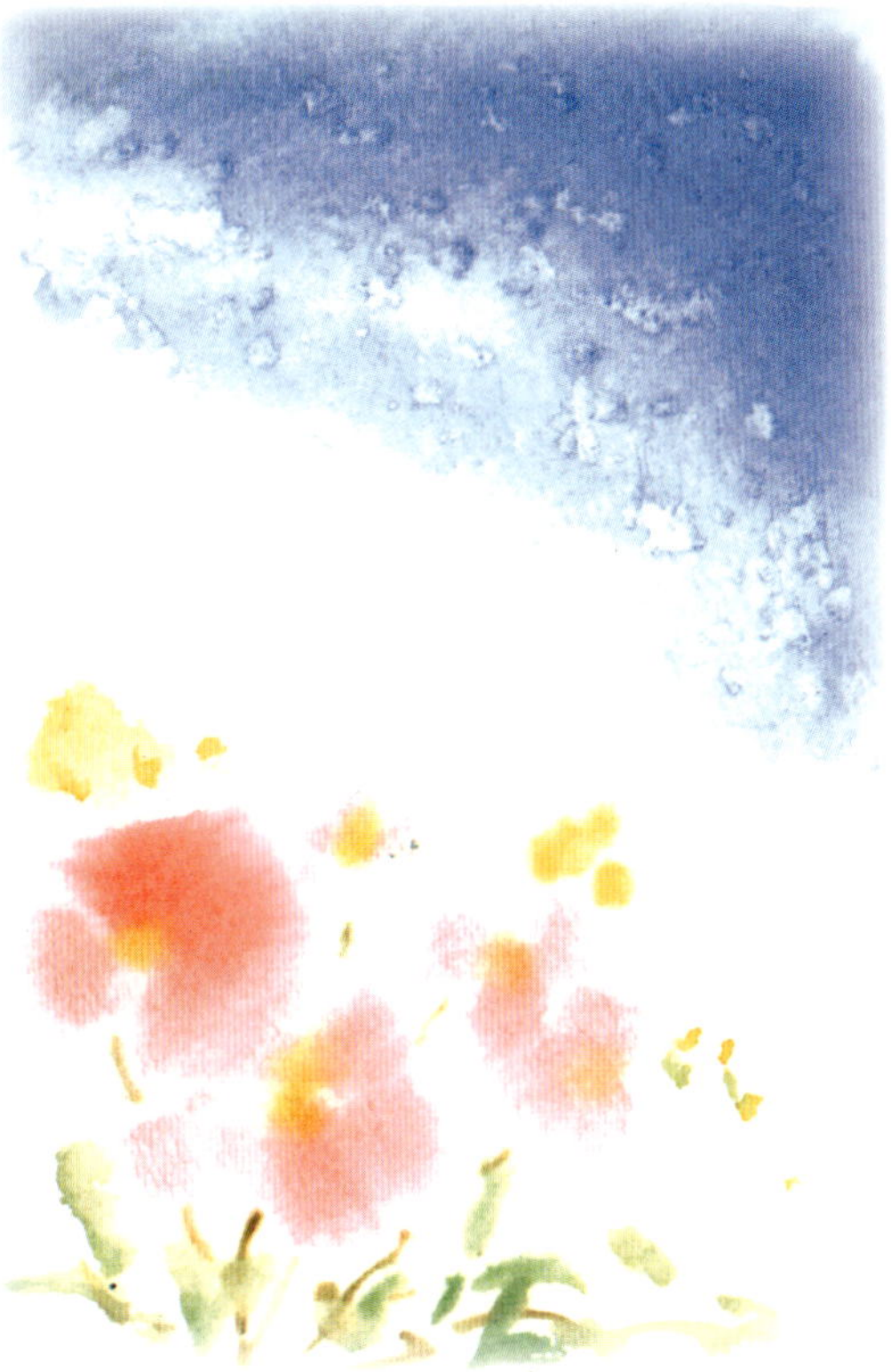

季節の出番

鶯色の風が
木立の中をさまよっている
進む方向を決めあぐねて
行きつ戻りつ
地べたに屈みこんだりして

水色の風は
動くのも大儀そうに
木立の中にうずくまり
涼しくなるのをひたすらに待つ

藍色の風は
枯葉を捲きあげて

足早に通り過ぎる
オレンジ色の西の空に逃げ込むように

黒い風は
町の中で
曲がってしまった老人の背中を
荒々しく押す
「来年もまた会おうぜ」
いきなり怒鳴って背中の上を吹き抜ける

九十八歳への鎮魂歌

九十八歳の声が
受話器から勢いよく飛び出してくる
「薬を呑んで早く寝なさいよ。無理しなさんなよ」
六十歳の娘は
てっぺんから熱の噴き出しそうな頭を
くらくら振って受話器から耳を遠ざける

翌日
マンゴ入りのテンプラ
パパイヤ入りのカステラ
紅芋入りのナントウ
九十八歳の手料理が届く

定年を迎える娘は
九十八歳の一日を見つめる
朝日を拝み
風に話しかけ
雨を手招き
小鳥とともに歌い
土を耕す

満足そうな笑顔で
隣近所に野菜や手作りの料理を届け
宿のない青年には風呂と夕食を提供し
返すあてもない人にもお金を貸し
騙されたとわかっても
「アギジャベエ！」のひとことで終り
『雨ニモ負ケズ
風ニモ負ケズ』
その生きざまに六十歳の娘は
「東北のある詩人」の名を思い出す

船賃

三日間意識を失い
人工呼吸器につながれていた老母が
四日目に意識をとりもどし、
深い眠りから目覚め
すっきりした声で
「お金ちょうだい」
と手を差し出した。

何に使うのかと問えば、
金がないため
三途ノ川の舟に乗り損ねたという。
「百二十まで生きる」
と言い続けた母に、

「よかったね、これで百二十まで
生きられるじゃないの」
「そうだね、もう少し頑張ってみるか。
野菜を作らないとね」
母はまた静かに寝息をたてた。
医師からこの二、三日がやま場、と
集められた家族、親族の目に囲まれて
三途ノ川を渡り損ねた九十八歳の、
寝息は
百二十まで続く予感。

だが、それから四月ののち、
「川の向こうで、父さんが待っている」
九十八歳は船賃も持たずに
三途ノ川を渡った。

弔いの日のあけがた
雨戸をあけると、
丹精していた野甘草の花が
庭一面を黄金色に埋めつくしていた。

小さな拳の中の宝

二千七百グラムのからだは
両手を握りしめて姿を現した
握りしめた指の間から
ポトリ　ポトリと
小さなしずくを落とす

小さなしずくは
見つめる心に滑り込み
凍える心を溶けさせる

固いママの表情に笑顔を
恐れるパパに勇気を
照れるジイジイの口に言葉を

嘆くバアバアの心の刺を抜き取って

小さなこぶしに握りしめた
大きな宝
掌に包みこまれるいのちは
大きな幸せを運んできた

いつの頃から

いつの頃からだろう
コーヒーカップの代わりに
ビールの缶を握るようになった
仇のように嫌っていた匂いが
いまでは寝床の伴侶となって
女の夢に寄り添う

いつの頃からだろう
朝食の代わりに
サプリメントをテーブルにならべて
口の中に投げ込むようになったのは
栄養のバランスを、と
呪文のように唱えながら

いつの頃からだろう
原稿用紙を埋めるのに
パソコンのキーを叩くようになったのは
手書きのぬくもりを求めながらも
個性のない活字に頼りない期待をこめて

いつの頃からだろう
手紙を忘れて
電話で用件を伝えるようになったのは
友達には手書きのぬくもりを求めながら
恥知らずにダイヤルを回す。

強がってはいても
女は心に忍び込む隙間風に負けて
自分の思いとは
別のことをしてしまう。

皿の魚

皿の上に
カラ揚げの魚が一つだけ残った
家族の数だけ揚げた筈だったのに。
魚が一つ残ったけれど
誰も箸をのばしてとろうとしない。

仕方なく女が箸をのばすと、
「それはジイジイのぶんだよ」
孫たちがいっせいに
抗議の声をあげた。

魚が好きだった
あの世のジイジイのぶんを残して
孫たちは静かに箸を動かす。

草刈り鎌

草刈り鎌を腰から抜きとり
もぎたての赤いトマトを六等分に
規格はずれのスイカを六等分に
一本のサトウキビを六等分に
キュウリもパパイヤも
すべて六等分に切って
六人の子供たちの掌にのせる
野良仕事を手伝った子供たちへのお駄賃

寡黙な父は目尻に皺をよせ
言葉の代わりに鎌の刃の光で
愛を伝える
草刈り鎌を腰から抜くと

十二の瞳はきら星に輝き
父の手元を明るく照らす

朝もやの隙間に

木立の中に
薄墨色のもやが立ち
その隙間で
冬が胸を張り
はにかむ春を睨み付ける

雨がしとしと降りそそぐ木立の中で
冬は住家を失いもやの外に逃げる
新しい居場所を見つけた春が
もやの中で微笑む

せせらぎの音に朝もやはからみつき
日の光をさえぎる

春は木の枝にしがみつき
手探りで仲間を呼びよせる

小さなイノチたちが
土の上に
川の流れの中に
木立の隙間に
もぞもぞと這い出す

二月の朝もやの隙間で
賑やかな
誕生祭が行われ
風が唄い木の葉が踊り
黄金色の蛹が
その衣を脱いだ

油まみれの貴方へ

油まみれの作業服の貴方はいつも上機嫌
油まみれの作業服が勲章だと言わんばかりに。
作業服の汚れが少ないときは
不機嫌な顔で無口になった。

「社長はどこか」の客の声に
車の下から顔をだして
客をあきれさせたが、
でも客は確信した。
この男に任せれば間違いはないと。

「そろそろ社長らしく背広でも着ろよ」
友の言葉にも

「みっともない」との声にも耳をかさず
作業服に油を染み込ませた。

そう、貴方は客の喜ぶ顔を思い浮かべ
車の下に潜り
従業員には言葉の代わりに
油まみれの作業服で語った。

車の下で過去を拾い
油の匂いに幸せを求め
エンジンの音に未来を聞き、
汚れた作業服に勲章をつけた。

貴方が望んだのは
贅沢より質素
快楽より苦労
諍いより笑顔
中傷より称賛

そう、貴方は

油にまみれた青い作業服が自分には一番
似合っていると信じていた。

ハーモニカ

集いの輪の中に
彼のハーモニカのメロディーが流れた。
はにかみ屋は言葉の代わりに、
ハーモニカを唇にあてた。

子どもたちの枕元で
「五木の子守歌」
「チューリップの花」
などの童謡を。
そして孫たちにも同じメロディーを奏で
安らかな寝息へと誘った。

友垣の集いには

「我は海の子」
「ふるさと」
を吹き鳴らして
合唱を誘い
故郷を偲んで夜更けまで語り明かした。

子どもたちが寝しずまったあと
「はたちの詩集」のメロディーに
私は青春が騒ぎだし、
彼の肩に頭を乗せて口ずさんだ。

ふた子の見分け方

〈かえで〉と〈くれは〉はふた子の孫
次第に区別がつかなくなった。
「かえでちゃん」と呼ぶと、
「ちがうしが」と四歳の口がとがり、
「くれはちゃん」と頭を撫でると、
返事の代わりににらみつけられ、
「ばあちゃん、きらい」と無視される。

ある日　じいちゃんが満面の笑みで
ふた子の見分け方を披露した。
かえでちゃんは神経質で
目の下に黒子があると。
くれはちゃんは

のんびりしていて
茶目っ気があると。

自分たちを上手に見分けられたとき
ふた子の孫は
前と後ろから
じいちゃんにしがみつく。

じいちゃんにあいたい

四人の孫と一緒に
夫の墓参りに行った。
墓前で小さな手を合わせていた幼子たちは
「じいちゃんどこにいるの」と訊いた。
「この中でおねんね」と応えると、
幼子たちは声を揃えて
「じいちゃんに、あいたい」
「じいちゃん、出てきて」と
硬いコンクリートに呼びかける。
「じいちゃん、疲れているから、もう少し
ねんねさせようね」となだめても、
「じいちゃんに、あいたい」と
小さなこぶしで石戸を叩く。

林道

どこまで続くのか
雨の日の林道
行けども行けども
淋しさの増すばかり

どこまで続くのか
人影のない林道
アスファルトの長い道
カラスが二羽
こちらを向いて
とび去っていった

さらば愛車よ

おまえは本当によく走ってくれた
雨の日も風の日も
私を運び
休みの日には子どもたちを乗せて
愚痴ひとつ言わずに十年もの長いあいだ
本当によく走ってくれたね

今日おまえは
廃車屋に売られていく
売られていくおまえのタイヤを
せめてもの感謝の気持ちとして
ビールで洗わせておくれ
ダッシュボードに

小さな花束を置かせておくれ
家族みんなで見送らせておくれ
さようなら　いとしのクレスターよ
本当にご苦労さんだったたね

風と光のエピタフ

早春の空に広がる紅色
二月の冷たい風に吹かれて
小刻みに揺れながら
枝にしがみつく薄い花びら

四〇年前の冬
たった一輪だけ桜の花が咲いた
その枝の下で
桜の木を植えた乙女の葬儀が営まれ
一輪の枝は柩に入れられた
花の開く日を心待ちにしていた乙女は
その花を柩の中で見ることになった

あれから四〇年
桜の木は枝を広げ、花を増やし
紅色に空を彩り
早春の光の中で
風を燻らせる

感謝とレクイエム

――あとがきに代えて

高校二年生のころ、藤村の詩集「椰子の実より」に出会った。この詩集を読んで、私は涙がとまらなかった。以来、私は藤村に倣って詩を書くようになった。もう五十年前の昔のことである。

はじめの頃は、藤村流の故郷を愛する詩を書いた。やがて思春期に入り、私はある人と恋に落ちた。大阪と沖縄。海を隔てた恋だった。

恋をすると、人は誰でも詩人になるものらしい。私は自分の気持ちをノートに書きとめるようになった。相手に伝えられない気持ちでいつしかノートは埋まった。

やがて私たちは結婚した。私は母となり、同時に職業人として煩瑣な日常に埋もれ、いつしか詩作からも遠退いた。

それから何年も経ち、子供たちも大きくなって手がかからなくなると、自分ではそれと気づかなかったが、年齢相応に私も愚痴ぽっい女になっていたらしい。そんな私に夫は趣味をもつことを勧めた。

私は再び詩作を始めようと思った。折りもおり、私は一冊の詩集に出会った。新川和江の「わたしを束ねないで」である。

この作品との出会いは衝撃的だった。

私は自分を縛りつけているものが仕事や家族ではなく、自分自身だということを知らされた。まさに頂門の一針だった。長いトンネルの先に光が見えてきたような気がした。

私は久しぶりにノートを広げた。急に生きいきとしだした私に家族が……とりわけ夫が協力してくれた。寡黙な夫は私が机に向かうと、いそいそとコーヒーをいれてくれたりする。友人たちが「女房の尻に敷かれたか」と揶揄すると、「こういう〈仕事〉は誰にでも出来るというものではない。出来ない人間は応援するだけだ」と笑ったという。

私は詩のコンセプトは「生命のきらめき」だと思っている。私は自分を育み、影響を与えた故郷の自然や、家族、文学仲間や出会った人々、かつての仕事の朋輩たちすべてに感謝し、かつまた〈前田よし子〉という無名の詩人の応援団長を引き受け、終生支え続けてくれた夫への感謝の証としてこの詩集を出すことにした。それゆえ、ささやかなこの詩集は私の心のつぶやきであると同時に、いまは亡き夫へのレクイエムでもある。

平成二十一年四月

著者

著者略歴
前田よし子（まえだ・よしこ）
1942年　沖縄県国頭村に生まれる。
1992年　「小さな歌の物語」琉球新報児童文学賞受賞
2001年　「聴診器」宜野座てんぷす文芸賞　受賞
2001年　「フリーマーケット」九州芸術祭　沖縄地区代表
南涛文学会会員

表紙・本文イラスト　百名えり子

詩集　風と光のエピタフ

2009年4月25日　初版第一刷発行
著　者　前田よし子
発行者　宮城正勝
発行所　（有）ボーダーインク
〒902-0076　沖縄県那覇市与儀226-3
電話098-835-2777　FAX098-835-2840
印刷所　（株）近代美術

ISBN978-4-89982-156-4 C0092　定価1575円（税込）